AINSI PARLAIT
MA MÈRE

RACHID BENZINE

AINSI PARLAIT MA MÈRE

roman

ÉDITIONS DU SEUIL
*57, rue Gaston-Tessier, Paris XIXe*

ISBN 978-2-02-143509-2

www.seuil.com

1

Vous vous demandez sans doute ce que je fais dans la chambre de ma mère. Moi, le professeur de lettres de l'Université catholique de Louvain. Qui n'a jamais trouvé à se marier. Attendant, un livre à la main, le réveil possible de sa génitrice. Une maman fatiguée, lassée, ravinée par la vie et ses aléas. *La Peau de chagrin*, de Balzac, c'est le titre de cet ouvrage. Une édition ancienne, usée jusqu'à en effacer l'encre par endroits. Ma mère ne sait pas lire. Elle aurait pu porter son intérêt sur des centaines de milliers d'autres ouvrages. Alors pourquoi celui-là ? Je ne sais pas. Je n'ai jamais su. Elle ne le sait pas elle-même. Mais c'est bien celui-ci dont elle me demande la lecture à chaque moment de la journée où elle se sent disponible, où elle a besoin d'être apaisée, où elle a envie tout simplement de profiter un peu de la vie. Et de son fils.

Une lecture qui lui est aussi devenue indispensable le soir, avant de s'endormir. Elle se cale en chien de fusil contre son oreiller, ferme les yeux. Comme un enfant qui sait, pour l'avoir entendu des dizaines de fois, qu'un conte va l'émerveiller ou l'épouvanter. *La Peau de chagrin*, j'ai dû le lui lire moi-même déjà deux cents fois. Elle l'a découvert sur une cassette audio que j'avais empruntée à la bibliothèque il y a bien vingt-cinq ans. Je me suis attaché à une époque à lui faire découvrir des trésors de la littérature par ce biais. Des cassettes ordinairement destinées aux aveugles et aux malvoyants. Parmi les dizaines écoutées, celle-ci a eu, de loin, sa préférence. Tout de suite. À peine rendue à la bibliothèque, elle m'a demandé de la lui acheter. Puis de le lui lire régulièrement. Pour soulager un peu mon temps et inquiet de sa fascination pour cette seule œuvre, je lui ai trouvé d'autres supports. J'ai d'abord acheté des cassettes vidéo puis des

DVD des versions de l'ouvrage en drame lyrique, en opéra, en ballet, en adaptations diverses et variées au cinéma et à la télévision. Mais rien n'a trouvé suffisamment grâce à ses yeux pour qu'elle puisse se passer de ma lecture.

En mon absence, ma mère revenait inlassablement à la cassette audio dont j'avais déjà racheté plusieurs exemplaires, tant elles s'usaient rapidement par l'écoute systématique – j'en avais fait faire des copies mais elles se révélaient trop rapidement inaudibles. Et puis, un jour, je n'en ai plus retrouvé. On avait cessé d'en vendre. J'ai fait les brocantes dans l'espoir d'en voir ressurgir une. Sans succès. J'ai même menti à la bibliothèque, leur faisant croire que j'avais perdu leur exemplaire. Mais cette cassette-là aussi a fini par rendre l'âme à son tour. Alors je me suis astreint pour elle à cette lecture quotidienne. J'ai bien essayé d'enregistrer moi-même le texte, mais j'ai vite compris que ma mère n'y trouvait pas son compte. J'ai payé un comédien pour l'enregistrer dans un studio numérique. La manipulation informatique étant totalement étrangère à ma mère, je l'ai fait transférer sur une cassette audio. Cette version n'a pas davantage eu sa bénédiction. Elle ne supportait que la cassette qui lui avait fait découvrir le livre ou ma lecture de vive voix.

Et puis ma mère a soudain vieilli plus vite. Oubliant un jour le gaz allumé. Une autre fois se laissant vendre trois aspirateurs aux pouvoirs miraculeux dans la même semaine. D'autres fois encore chutant lourdement au sol sans arriver à se relever. Seul célibataire de la fratrie, il y a quinze ans j'ai tracé une croix définitive sur tout projet de vie de couple et j'ai emménagé chez ma mère, dans le petit deux pièces de Schaerbeek où j'ai vu le jour il y a cinquante-quatre ans. Mes quatre frères, bien plus âgés, s'étaient depuis longtemps installés dans d'autres régions. Ils ont tous une vie de famille et des petits-enfants. J'habite donc avec elle depuis qu'elle a soixante-dix-huit ans et qu'elle ne peut plus vivre seule.

Depuis quinze ans, je la soigne, je la change, je la lave, je l'habille. J'assure, plusieurs fois par jour, sa « toilette intime ». Une expression bien neutre pour qualifier un acte que je n'aurais jamais imaginé faire lorsque, il y a cinquante-quatre ans, ma tête hurlante et sanguinolente débouchait de cette même « intimité » pour son premier contact avec l'air libre.

Dans ces moments-là, ma mère prend ma main. Elle sourit tristement. Nous sommes tous les deux gênés et en même temps heureux. Curieux sentiment. En dehors des personnels soignants qui se succèdent à son chevet durant la semaine, je suis le seul dont elle accepte cette toilette, sans doute humiliante mais dont elle sait la nécessité.

Je me souviens de la première fois où j'ai dû m'en occuper. Son aide-soignante ne pouvait pas venir, elle avait eu un accident et elle pouvait se faire remplacer mais seulement à partir du lendemain. J'ai vu la détresse sur le visage de ma mère. Elle m'a demandé de lui faire une petite toilette, en attendant, juste avec un gant, pour laver son visage, son cou, ses bras. Mais je savais ce qu'il lui en coûtait de ne pas se laver entièrement, comme elle en avait l'habitude depuis toujours. Alors je l'ai regardée et je lui ai dit que j'allais m'en occuper. Elle n'a rien dit, ses yeux se sont embués, mais elle n'a rien dit. Délicatement, je l'ai alors soulevée sur son matelas, et je l'ai lavée. Mes mains tremblaient. Était-ce la soudaine conscience de la grande fragilité de ma mère, qui s'en remettait entièrement à moi, pour des gestes si intimes ? Était-ce de la sentir gênée, vulnérable ? Nous n'avons pas parlé. Nous avons partagé ce moment d'émotion où nous nous sommes réfugiés dans notre humanité, l'un portant assistance à l'autre sans que les barrières des conventions n'y trouvent à redire. Situation d'une certaine façon libératrice pour elle. Oui, elle pouvait s'en remettre aux siens pour tout, elle qui ne voulait jamais rien demander. Les siens c'était moi, car aucun de mes frères, je crois, n'aurait accepté de réaliser une telle tâche. Chacun fait ce qu'il peut.

Pour toutes ces raisons, j'ai totalement renoncé à toute invitation et autres sorties, ma seule vie extérieure se résumant aux treize heures de cours que j'assure à la fac. Balzac et sa *Peau de chagrin* constituent désormais le seul périmètre de mon activité intellectuelle et affective auprès de ma mère. J'arrive pourtant encore à lire d'autres choses. Car les livres c'est toute ma vie.

Cinquante-quatre ans le nez dans les bouquins. Les premiers je les ai lus par l'arrière-train. Ils m'ont servi de couches durant ma prime enfance. J'en ai même attrapé un impétigo fessier à cause de l'encre diluée par mes déjections. Mon père travaillait au pilon, près de Bruxelles. Il passait ses journées à détruire des tonnes d'invendus en tout genre. Du livre broché au quotidien local. Du magazine politique à l'album de jeunesse. De la revue érotique aux missels passés d'âge. Des livres, des magazines, des journaux, il en ramenait tous les jours. Autant qu'il pouvait en porter. Ça nous servait pour tout : le chauffage, le calfeutrage des fenêtres, pour caler un meuble, pour les toilettes et comme couches pour les mômes donc. Et parfois même pour la lecture. Mais ni mon père ni ma mère ne savait lire le français. Ils avaient quitté Zagora, au Maroc, au milieu des années 50 pour la Belgique. À une époque où on n'émigrait pas vraiment. Et bien davantage vers la France que vers le plat pays. Je n'ai jamais vraiment compris le parcours migratoire de mes parents. Mais en ai-je au moins eu l'envie ? Mes parents et moi nous avons vécu ensemble mais jamais en même temps.

Tandis qu'ils étaient accaparés par l'éducation de mes quatre frères et de moi-même – arrivé sur le tard, comme un « bâton de vieillesse » –, j'ai eu tôt fait de disparaître derrière les piles de livres qui s'accumulaient dans la remise devant chez nous, à Schaerbeek. Un village dans la ville où on n'était finalement pas mal lotis. Un deux pièces coincé au fond d'une allée, avec un perron et une cour d'une cinquantaine de mètres carrés, pavée à la va-comme-je-te-pousse. Un casse-gueule permanent dont on heurtait les saillies pierreuses ou sur lequel on glissait dès qu'il y avait trois gouttes de pluie. Un terrain de jeux formidable aussi. Pour mes quatre frères. Ils pouvaient s'y défouler à l'envi. Moi je ne quittais pas mon entassement de livres. Mon père le complétait tous les soirs en rentrant du travail. J'étais fasciné par la taille des ouvrages, leurs photos, les dessins colorés. Je me suis complu dans la sensation qu'ils procurent quand on les parcourt de la main les yeux fermés. Et puis j'ai appris à lire avec, avant même d'entrer à l'école. Mes frères, qui savaient déjà lire, prenaient parfois le temps de m'apprendre quelques mots. Je complétais seul pour interpréter les autres vocables. Mon père aussi a appris à lire ainsi. Il affectionnait particulièrement le magazine *Modes et Travaux* dont le public cible était pourtant clairement affiché : la femme au foyer, chic et parisienne. Mon père se plongeait pendant des heures dans les conseils de mode, de décoration, de cuisine ou de beauté. Il s'attardait sur les pages consacrées à la couture, notamment au tricot. Il en touchait parfois deux mots à ma mère. Rien de plus.

Je n'ai jamais eu le sentiment que ses lectures aient influencé d'une quelconque façon sa vie.

Qui ressemblait à celle de tout autre travailleur immigré de l'époque. Mais nous avions la lecture en partage sans jamais échanger quoi que ce soit à ce sujet. Il ne s'intéressait pas à ce que je lisais. Je ne comprends même pas comment il a pu s'intéresser à ce qu'il lisait. Ma culture scolaire naissante développait déjà chez moi un inconscient mais bien réel mépris de classe. Qui me souille encore aujourd'hui et dont j'ai définitivement honte.

Bref, dès mon plus jeune âge, j'ai dévoré les bouquins comme d'autres des pâtes. Pour donner une réalité à des désirs enivrants. La quête d'une autre vie, en somme. Qui m'a toujours différencié de mes frères, tous happés très tôt par la nécessité de contribuer à la survie de la famille. Mon père est en effet mort quelques jours avant mes sept ans, écrasé par une palette de livres. Un destin qui ne m'a pas fâché avec la lecture. Juste avec les palettes. Et encore.

2

À propos de mort, ma mère a une particularité bien à elle – même si elle doit être partagée par tout ce que la terre compte d'hypocondriaques chagrins, de nosophobiques avérés et de souffreteux impérissables. Elle est déjà morte de nombreuses fois… La première, je devais avoir huit ou neuf ans. Elle rentrait d'un énième rendez-vous à l'hôpital. Enfoncé jusqu'aux oreilles dans le canapé, je lisais avidement une bande dessinée d'aventures. Tout entier happé par l'action, les costumes des personnages et l'enjeu du moment. C'est à peine si je me suis aperçu que ma mère avait poussé la porte de la maison. Je l'ai en revanche très bien entendue quand elle s'est effondrée lourdement sur la chaise. Je me suis retourné. Sa main droite, comme inanimée, a laissé son sac glisser jusqu'au sol. Sa tête est retombée en arrière et elle a éclaté en sanglots. Soudain conscient qu'un drame se jouait je me suis précipité à ses pieds. Elle m'a jeté un regard désespéré puis s'est écriée : « Je vais mourir ! », avant de me prendre dans ses bras et de s'effondrer à nouveau en larmes.

Ma mère n'est pas morte ce jour-là, ni dans les mois qui ont suivi. Et avec le temps je me suis habitué à sa dramaturgie, à la mise en scène de sa mort annoncée, qu'elle vivait en toute sincérité, ne comprenant généralement rien à ce que les médecins lui expliquaient de l'état de sa santé. Et je l'ai toujours connue accompagnée d'une valise de médicaments qu'elle s'évertue à prendre consciencieusement aux heures prescrites par le corps médical. Sans doute auront-ils fait leur effet puisque, à l'heure où j'écris ces lignes, j'ai désormais cinquante-quatre ans et elle… quatre-vingt-treize.

Je vous rassure. Aujourd'hui encore, on m'annonce régulièrement sa mort. Ce n'est plus elle qui le fait mais les médecins. D'un air contrit, ils m'expliquent que ce qu'ils viennent de diagnostiquer conduit ma mère à une issue fatale. On pourrait l'opérer, sans grand espoir, pour la prolonger un peu. Mais compte tenu de la faiblesse de son cœur et de son âge… on ne l'opère pas. Ça la tuerait. Elle qui est déjà morte si souvent. Ironie du sort… De toute façon, il ne lui reste que quelques heures, au mieux quelques jours à vivre. À l'écoute des verdicts définitifs des spécialistes, notre médecin de famille lève les yeux au ciel et me regarde en faisant la moue : « Moi, je ne vous dis plus rien. Je vous ai annoncé sa mort tellement de fois depuis vingt ans… je crois qu'elle nous enterrera tous. »

Je ne sais pas ce qu'un professeur en médecine a dit à ma mère à l'hôpital le jour où elle m'a annoncé sa mort prochaine… il y a quarante-six ou quarante-sept ans. Ma mère n'a jamais vraiment compris le français. Alors quand un médecin, ou un employé de la mairie ou de la Sécurité sociale, ou un professeur d'école, lui posait une question, elle a toujours répondu invariablement

« oui », sans se soucier davantage des effets de ses réponses. Cela nous a valu des ennuis avec la terre entière : la police, les impôts, les services sociaux, la banque, les hôpitaux et toutes les administrations. Combien de fois mes frères et moi n'avons-nous pas insisté pour qu'elle ne réponde pas par l'affirmative à une question dont elle ne saisissait pas le sens ? Combien de fois ne l'avons-nous pas suppliée de ne pas se rendre à un rendez-vous sans que l'un de nous soit présent ?…

Elle nous a toujours beaucoup donné, mais n'a jamais osé nous solliciter. Car le sacrifice est sa seule ligne de conduite. Et le service des autres une seconde nature. Son immigration avec des papiers pas franchement en règle pour elle comme pour mon père, au milieu des années 50, a sans doute contribué à lui forger ce caractère. Je l'ai toujours vu baisser la tête avec respect devant les messieurs et les dames à chapeau, à particule, à belle voiture, à voiture tout court, et même à logement social. Car pour nous, qui vivions à sept dans un deux pièces sans eau chaude et sans toilettes, le locataire de logement social-cage à lapins était déjà un bourgeois qu'il convenait de respecter et saluer comme tel. Et la petite épicière du coin une parvenue dont la réussite sociale nous paraissait inatteignable.

La connaissance de la langue française, plus qu'approximative, de ma mère rajoutait à son sentiment d'être une moins-que-rien. Le simple fait qu'on lui adresse la parole était déjà pour elle un honneur. La langue de Molière, elle l'a apprise à coups de claques et d'humiliations. Ses patronnes mal embouchées accablaient en effet sans retenue cette petite boniche « arabe » longtemps sans titre de séjour. En quarante années de travail acharné au domicile d'employeurs sans scrupule, du sol au plafond je crois que ma mère a briqué plusieurs fois la circonférence de la Terre. Un esclavage moderne qui s'est amplifié à la mort de mon père mais qui lui a permis de faire survivre et même vivre ses cinq fils. Jusqu'à un passé très récent, ma mère ne nous a jamais rien dit des souffrances qu'elle a endurées.

L'humilité et la crainte de déranger ont été les deux guides spirituels de ma mère. Jamais, et pour rien au monde, elle n'aurait osé demander à quelqu'un de son temps ou de son attention. Elle essayait toujours de se sortir seule de n'importe quelle situation, « par peur de déranger », disait-elle. Mais je crois qu'au fond elle avait également une autre peur, moins visible, moins dicible, mais tout aussi profonde : montrer sa vulnérabilité. Car pour ma mère, demander de l'aide, c'était avouer ses limites, sa fragilité. Un jour, alors que je m'étonnais qu'elle ait mémorisé très rapidement toutes les lignes de bus et de métro de la ville où elle venait de trouver de nouvelles clientes pour ses ménages, elle m'a, les yeux baissés et en triturant sa couverture de laine, raconté un incident resté gravé en elle au fer rouge. C'était un matin d'hiver, je n'étais même pas encore né. Elle était, comme chaque jour, sortie de la maison très tôt, après avoir laissé la théière sur le réchaud pour mon père et mes grands frères, et le pain tout chaud sur la table, pour se rendre dans une société où elle faisait le ménage. Contrariée par une dispute la veille avec mon père, elle s'était trompée de bus et s'était retrouvée dans un quartier périphérique inconnu. Perdue et inquiète d'arriver en retard, elle avait arrêté un monsieur, engoncé dans son manteau et marchant d'un pas pressé, pour lui demander comment retrouver le bon chemin pour arriver à son travail. Entendant l'accent de ma mère et ses phrases construites péniblement, le monsieur s'était retourné... pour la sermonner sans ménagement. En lui disant qu'à son âge il était temps qu'elle apprenne à lire et à trouver son chemin comme une grande. « Je n'ai pas compris tout ce qu'il a dit, mais le ton de sa voix, la méchanceté dans ses yeux étaient de toute façon pires que ses mots », m'a soufflé ma mère dans un long soupir, en évoquant ce souvenir. Et ce jour-là elle s'était juré que jamais plus elle ne demanderait quoi que ce soit à qui que ce soit, et qu'elle apprendrait à se débrouiller seule où qu'elle aille. Je lui ai tendrement expliqué que mes frères ou moi nous n'étions pas « qui que ce soit ». Elle a juste souri en portant la main à son cœur. Elle nous avait beaucoup donné, mais n'aurait jamais osé nous solliciter.

Le français, ma mère l'a vaguement appris en répétant inlassablement des syllabes – dont elle ne comprenait ni le sens ni les règles de liaison – qu'elle déchiffrait dans les magazines que ses patronnes jetaient à la poubelle et qu'elle récupérait en cachette comme s'il s'agissait d'un fabuleux trésor. Étonnamment, elle ne s'était pas intéressée à la lecture lorsque mon père était encore en vie et qu'il nous déversait ses kilos d'ouvrages sauvés du pilon. Et désormais, c'étaient les magazines sauvés des détritus par ma mère qui constituaient les seules nouveautés dont je pouvais disposer.

Rapidement, mes frères et moi nous nous sommes relayés pour donner un peu de sens à sa lecture. Et surtout nous moquer sans retenue de son improbable accent qui trahissait son ascendance étrangère – mais dont nous aurions nous-mêmes été bien incapables de déterminer l'origine à sa seule écoute. Notre envie d'apprendre à lire à notre mère ne nous a jamais taraudés suffisamment pour le faire sérieusement et ainsi ma mère n'a guère fait de progrès. Nous nous sommes contentés de lui apprendre les quelques mots qui nous intéressaient vraiment, comme ceux lui permettant de reconnaître les confiseries, gâteaux et autres friandises dont nous nous gavions ou le nom des pochettes de cartes de footballeurs Panini pour lesquelles nous aurions vendu père et mère.

Et puis ce n'était pas sa condition d'illettrée qui nous faisait le plus honte chez ma mère – elle avait peu l'occasion de se faire reconnaître comme telle dans la vie de tous les jours. C'était son accent prononcé, pour lequel toute évolution paraissait définitivement inenvisageable. Et ses constructions de phrases à l'oral, qui trahissaient une origine étrangère et paysanne irréparable. Nous savions tous que mon père et ma mère étaient marocains, originaires de Zagora. Ma mère avait maintes fois évoqué sa honte à s'exprimer en berbère devant ces messieurs de la ville ne parlant qu'arabe et se pinçant le nez face à cette gamine en haillons qui dormait à l'étable l'hiver entre ses moutons. Elle se remémorait aussi son statut d'idiote du village, décerné par ses camarades de jeu, qui lui faisaient payer sans délicatesse sa gentillesse béate et naïve.

3

Dans les années 70, au terme de ses vingt premières années de travail, ma mère a pu nous acheter une télévision. Elle regardait souvent les mêmes feuilletons, cherchant à reproduire les intonations de voix et les expressions qu'utilisaient les actrices qui l'enthousiasmaient le plus. Ainsi, dans nos discussions, au milieu d'une de ses phrases où se mêlaient maladroitement et sans aucune logique grammaticale berbère, français et arabe, nous n'étions pas surpris de voir surgir un « tout à fait, très chère » ou un « mais je n'en ferai rien, après vous » qu'elle utilisait parfois à bon escient mais fréquemment à contre-emploi, déclenchant invariablement nos éclats de rire. Elle feignait quelques instants la vexation avant de s'emplir de bonheur à la vue de nos faces hilares et de s'esclaffer à son tour.

Ma mère a toujours été fascinée par les émissions de variétés. Je me demande parfois si ce n'est pas elle qui a inventé le karaoké. En effet, chaque samedi soir elle chantait, à l'unisson des vedettes du moment, des airs dont nous lui avions griffonné et fait répéter les paroles des jours durant. C'était le seul moment où on la sentait vraiment heureuse, transfigurée. Réfugiée dans une parenthèse enchantée loin des tracas et obligations du quotidien. Elle était alors totalement dédiée à sa chanson, à ce temps d'amusement pour lequel elle s'appliquait avec sérieux. Nous le savions tous. Et aucun d'entre nous ne se serait risqué à briser ces instants magiques où elle paraissait vivre au diapason d'un bonheur éternel. Un temps suspendu où elle oubliait tout ce qui avait façonné ses souffrances intérieures d'idiote du village, de petite immigrée mal dégourdie puis de veuve élevant seule ses cinq enfants.

Durant quelques minutes, concentrée sur sa prestation, elle était Sheila, Adamo, Joe Dassin… Dalida. Elle connaissait à peu près tout de la chanteuse du Caire… Je me souviendrai toujours du visage de ma mère chantant « Helwa Ya Baladi », cette chanson sur l'exil, une ode d'amour au pays où on espère toujours revenir pour retrouver les lumières du passé et le souvenir des premières amours. Ma mère aimait beaucoup cette chanson. Elle fermait les yeux, penchait la tête, se balançait lentement au rythme de la douce mélodie, et je la sentais ailleurs, cherchant les images, les couleurs et les senteurs de son village natal. Elle vivait tellement cette chanson que nous nous faisions alors silencieux, absents à elle, comme à l'instant et à nous-mêmes. Jusqu'à ce que ma mère ouvre à nouveau les yeux et nous revienne.

Notre séance de variétés du samedi soir démarrait en fait dès le dimanche matin précédent. Mon frère Nourredine était chargé de l'achat du programme télé. Yliès repérait les titres des chansons qui allaient être interprétées le week-end suivant. Slimane faisait le tour des copains et copines pour récupérer les magazines consacrés aux stars de la chanson dans lesquels on pouvait trouver les paroles de leurs tubes du moment. Il les recopiait alors dans un cahier dédié, dont nous prenions grand soin. La sacro-sainte encyclopédie musicale de ma mère, qu'elle feuilletait régulièrement pour fredonner quelques airs. Comme elle ne savait pas lire les paroles ni les titres, on lui collait la photo de la star et celle d'un élément lui permettant d'identifier de quel texte il s'agissait. Sa mémoire et quelques mots qu'elle savait déchiffrer faisaient le reste. Une photo de mon frère Nourredine devant un gâteau à dix-huit bougies signifiait « Il venait d'avoir dix-huit ans » de Dalida. Une photo de poupée indiquait qu'il s'agissait de « Poupée de cire, poupée de son » de France Gall. Un téléphone lui faisait comprendre qu'elle avait sous les yeux « Le téléphone pleure » de Claude François. J'avais en revanche pris une claque quand pour lui signaler « Laisse mes mains sur tes hanches » d'Adamo j'avais cru bon de me fendre d'un dessin dont la dimension érotique m'échappait mais que ma mère avait aussitôt perçu comme n'étant ni de mon âge ni conforme à nos valeurs. Ce qui ne l'empêchait pas de la chanter sans retenue.

Farid était chargé d'emprunter pour quelques heures les 45 tours qui allaient vieillir prématurément sur notre mange-disque et Nourredine, Yliès et moi nous avions la responsabilité de faire répéter les titres à ma mère et de lui expliquer en même temps le sens de ce qu'elle allait chanter devant le poste le samedi soir.

Elle tenait beaucoup à ne pas chanter n'importe quelle faribole. Et se révélait attachée à n'entonner que des airs qui lui paraissaient convenables sur le plan moral et dont elle avait le sentiment qu'ils étaient chargés d'une haute portée artistique voire philosophique. Ses goûts et ceux de ses cinq fils se croisaient rarement en la matière mais nous respections toujours les choix de notre cantatrice familiale. Si je connais aussi bien le répertoire musical de ces années-là, ce dont se moquent souvent mes amis, qui rient de ma culture « désuète », c'est à cause de – ou grâce à – ma mère.

C'est aussi par les chansons que j'ai découvert son ouverture d'esprit. Elle se laissait aller en effet parfois à une remarque spontanée sur le fond d'un texte qui nous avait échappé. Ainsi, quand Charles Aznavour interpréta pour la première fois à la radio en 1972 « Comme ils disent », elle lâcha juste un : « Allah a fait les gens comme ils sont. Même si vous devenez homosexuels, je vous aimerai toujours pareil. » Je n'avais que six ans et je ne comprenais pas la portée du propos. Mais j'ai bien vu que mes frères ne l'entendaient pas de cette manière. Aujourd'hui encore, j'ai l'impression que ma mère était plus moderne dans son approche de la vie que mes quatre frères réunis ne l'ont jamais été. Si le sens de « Comme ils disent » me passait au-dessus de la tête, en revanche, quand du même auteur elle chantait « La mamma », je me cachais instantanément sous la table. Pour qu'elle ne voie pas les larmes dont je n'arrivais pas à juguler le flot sur mes joues. Cette chanson a toujours été un tabou pour moi. Sa seule évocation me rappelle encore le désarroi profond dans lequel elle me plongeait, contrairement aux scènes du *Malade imaginaire* que ma mère nous jouait régulièrement et auxquelles je n'accordais guère de crédit. Je n'avais pas envie de voir chez moi en ces circonstances tragiques ni famille venue du sud de l'Italie ni parents qui ne se seraient de toute façon pas déplacés de Zagora. Et pas davantage maintenant, en ces instants où je l'entends respirer avec difficulté et où envisager la vie sans elle me semble certes inéluctable mais toujours totalement inenvisageable, révoltant, déchirant. Et pour tout dire insurmontable.

Parmi toutes les émissions de variétés que regardait avec enthousiasme ma mère, ses préférées étaient sans aucun doute celles qui faisaient la part belle à Sacha Distel. Depuis la mort de mon père, dont elle affichait les portraits partout dans la maison, je crois qu'elle était secrètement amoureuse de lui. C'est d'ailleurs probablement ce chanteur qui lui a le mieux appris le français. Elle ne ratait aucune de ses apparitions à la télé. J'ai le sentiment que son succès « Toute la pluie tombe sur moi » a été écrit pour elle. Je crois même que ma mère l'a interprété sur toutes les scènes du monde : dans sa cuisine, dans sa cuisine et dans sa cuisine.

Un jour, nous lui avons fait une sacrée surprise avec mes frères. C'était le 27 mai 1977. La date exacte des cinquante ans de ma mère. Par une chance extraordinaire, Sacha Distel se produisait ce jour-là à l'Ancienne Belgique, une salle de concerts mythique, boulevard Anspach, au centre de Bruxelles. Ce sont mes frères qui se sont cotisés pour lui payer sa place et la mienne. Au premier rang. Je n'avais alors que onze ans. Un vrai cadeau insoupçonné puisque ma mère n'a découvert la destination de sa soirée qu'une fois arrivée devant le bâtiment.

Jamais je n'ai vu ma mère aussi heureuse. Radieuse. Étincelante. Les superlatifs me manquent. Et jamais je ne l'ai vue autant libérée. Chantant à pleine voix, avec son accent marocain, tous les titres que le chanteur interprétait. Encouragée sans aucun doute par les centaines de spectatrices déchaînées qui chantaient à l'unisson.

Je me souviens de ce moment extraordinaire où Sacha – qui avait probablement fini par entendre ma mère et son accent impossible au milieu de la foule – a descendu les quelques marches qui le séparaient du public tout en continuant de chanter. Il a pris ma mère par la main, l'a fait monter sur scène et ils ont fini par improviser ensemble, tous deux des sanglots dans la voix, « La vieille dame », une des chansons fétiches de maman. La salle, probablement touchée par la générosité de l'artiste et la sincérité naïve de ma mère, n'a pas ri de son accent, comme nous le faisions mes frères et moi, mais a applaudi à tout rompre. Un triomphe inoubliable dont maman n'a jamais accepté de parler à quiconque. Gardant au plus profond d'elle-même ce souvenir dont l'évocation en dehors du cercle familial, comme si elle s'en vantait, lui aurait paru à n'en pas douter sacrilège. J'ai en revanche largement conté la situation à tous mes frères, à l'ensemble de nos cousins du Maroc, à mes copains d'école et à tout le voisinage. Un événement que je grossissais à chaque nouveau récit comme s'il s'agissait de l'un des prodigieux voyages de Sindbad le marin. Mais que j'évitais soigneusement d'exposer en présence de ma mère pour ne pas en profaner le souvenir.

Lorsque d'autres lui demandaient de retracer ces instants stupéfiants, elle feignait de minimiser la chose. Et me laissait brandir dans un geste théâtral l'article dans lequel le journal *Le Soir* rendait compte du concert en ces termes : « [...] ce moment fou et émouvant où une Bruxelloise au délicieux accent oriental a accompagné l'artiste, acclamée par un public totalement conquis par ce duo improvisé ». Aujourd'hui encore, lorsque je sens qu'elle n'a pas le moral, je lui fredonne les premières mesures de « La vieille dame » et son visage s'éclaire. Elle chantonne à son tour et nos rires et larmes mêlés concluent immanquablement les retrouvailles avec ce passé révolu mais si profondément lié aux bons souvenirs qu'il est ancré en elle, dans ces paroles qu'elle peut encore murmurer du bout des lèvres.

Je crois que ma mère n'a jamais eu conscience de son accent et n'a jamais vraiment compris pourquoi elle nous faisait tant rire quand elle parlait ou chantait. Si elle l'avait su, connaissant sa pudeur, je crois qu'elle n'aurait jamais plus osé ouvrir la bouche de sa vie.

4

Ma mère a toujours été globalement timide. Écoutant d'une oreille distraite dans les fêtes de famille. En réalité entendant tout mais triant intelligemment tout ce que ses oreilles captaient. C'est-à-dire gardant peu et évacuant toutes les fatuités et platitudes, tous les propos indélicats que nous pouvions exprimer les uns et les autres durant ces occasions. Pas davantage elle ne se mêlait de nos disputes, plusieurs de mes frères et toutes mes belles-sœurs ayant une propension naturelle et spontanée à la jalousie, la dramatisation et l'emportement. Elle ne s'aventurait pas davantage à se prononcer si nous la prenions à témoin. En revanche ma mère s'immisçait avec beaucoup moins de précautions dans toute affaire d'injustice ou de souffrance qui pouvait toucher quelqu'un du voisinage. Pas pour se repaître du malheur des autres mais pour sincèrement porter assistance.

C'est ainsi que la famille Neuwenn est entrée dans notre vie alors que mes frères avaient déjà quitté la maison. Tout a commencé un matin quand la mère Neuwenn, quarante-cinq ans tout au plus, est venue vomir son surplus d'alcool ingurgité toute la nuit sur notre perron. Ma mère a grimacé pour ses jolis pots de fleurs mais a immédiatement proposé un asile douillet dans le seul fauteuil de la maison à celle qui était encore une inconnue. Puis les choses sont allées très vite. Madame Neuwenn a déversé son flot de soucis, d'ennuis et de malheurs sur maman qui hochait la tête avec un air contrit à chaque nouvel épisode de la tragique vie de madame Neuwenn. Gamine de l'Assistance publique née Petirat, violée à douze ans, enceinte volontaire à quinze, enfant décédé trois ans plus tard dans des conditions atroces et vingt ans de chagrin noyé dans l'alcool dans la foulée. Heureusement dans tout ça un monsieur Neuwenn était apparu sur le tard et les Neuwenn pouvaient s'enorgueillir de deux rejetons de mon âge, une fille et un garçon, des faux jumeaux plutôt brillants en classe mais dont la mine triste et le teint pâle m'ont toujours paru suspects. À peine deux mois plus tard, madame Neuwenn ne paraissant pas se remettre d'un coma éthylique prolongé, elle disparut de la circulation pour l'air plus frais d'un institut spécialisé dans les cirrhosés en fin de vie.

Pleine d'empathie pour les deux petits privés de leur maman et attirée peut-être, je ne le saurai jamais, par un voisin travailleur et bien en peine d'élever ses jumeaux de douze ans, ma mère a décidé de les prendre chez nous, s'improvisant famille d'accueil à elle toute seule.

Inutile de vous dire que j'ai franchement mal vécu l'intrusion de ces gamins dans mon quotidien. D'autant qu'ils avaient tout pour m'irriter. Bien élevés, sympas, ouverts, intelligents, assez cultivés, serviables, ils ne pouvaient que conquérir ma mère à un âge où moi je continuais à rêvasser au milieu de mes bouquins, jamais perturbé par l'activité intense qu'elle dévelop-pait dans la maison comme à l'extérieur à mon seul profit. Je voyais juste dans ces concurrents une obligation de partage de mes jouets, de mon espace de vie et de ma mère. Et un très mau-vais exemple de ce que devrait être un gamin pas ingrat avec sa génitrice. De ce côté, cela dit, je savais que j'étais dédouané depuis que ma mère avait tenu ces propos à une voisine :

– Les enfants, on leur doit tout, madame Blondel. Et eux ils nous doivent rien. Ils n'ont pas demandé à naître.

– Moi je dis qu'un gamin c'est neuf mois dans le ventre, trois ans dans les bras et toute sa vie sur le dos.

– Être reconnaissant à ses parents, ça vaut pour les siens, mais quand on est soi-même parent, ce qu'on peut faire de mieux pour ses enfants c'est que jamais ils pensent qu'ils vous doivent quelque chose. Qu'ils soient libres.

Rétrospectivement, je me demande comment ma mère avait pu arriver à une telle conclusion. Elle aurait donné tout ce qu'elle possédait pour soutenir ses parents ou ceux de mon père. Mais ils étaient morts avant même que je naisse. Cette liberté réelle qu'elle nous a toujours accordée... Je ne sais pas d'où lui venait cette idée si moderne. Enfin, pour en revenir aux Neuwenn, on ne peut pas dire qu'ils aient été gâtés par la vie. Le père Neuwenn était un brave homme. Très handicapé après un accident de travail, il ne bénéficiait pourtant d'aucune pension. Besogneux, il ne rechignait à aucune tâche. Il venait des fois faire des travaux chez nous. On voyait qu'il souffrait beaucoup mais restait souriant et même jovial. Plutôt taiseux, on sentait qu'il était toujours bienveillant.

Mais qu'est-ce que les services sociaux ont pu l'emmerder ! C'était pour ses gosses bien sûr. On le menaçait tout le temps de les lui retirer, ses marmots. Et lui il les adorait. Et c'était réciproque. Il passait de petit boulot en petit boulot. Il se démenait comme un fou pour ne pas être au chômage. Le peu de temps libre qu'il avait, il partait rendre visite à sa femme. Elle a pas tenu six mois, madame Neuwenn, avant de passer l'arme à gauche dans son institut pour alcoolos impénitents. Les services sociaux en ont remis une couche. Et menacé toujours plus le père : « Pas de travail, plus d'enfants. » Ma mère l'a aidé comme elle a pu. J'ai rempli des formulaires. Les gamins étaient bien chez nous et leur père les voyait tous les jours. Ils dormaient la plupart du temps chez eux avec lui.

Et puis, un matin, monsieur Neuwenn a reçu une lettre de licenciement. Puis quelques mois plus tard un avis de fin de droits sociaux. Le matin où on est venu emmener ses gosses pour un foyer on a juste entendu un hurlement. Et puis il s'est pendu. Une phrase de Pagnol m'est venue à l'esprit tandis que j'essuyais les larmes de ma mère : « Telle est la vie des hommes. Quelques joies, très vite effacées par d'inoubliables chagrins. Il n'est pas nécessaire de le dire aux enfants. »

Plus tard, dans mes tripes et dans ma tête, le nom de Neuwenn incarnera tout ce que la violence de classe peut avoir de plus abject. La cruauté des puissants à l'égard des démunis. Qui s'exprime sans délicatesse dans des systèmes que l'on dit sociaux. Qui broie des vies comme on souffle une bougie. Avec la bonne conscience d'avoir fait par charité ce que d'autres réclament par justice. Ou avec le sentiment amer d'avoir dépensé en pure perte énergie, temps et argent.

L'une des grandes scènes du théâtre de la vie de ma mère a été l'école, dont elle s'enorgueillissait que ses cinq fils y réussissent brillamment. Du moins le croyait-elle. Parfois, inquiète d'une convocation impromptue d'un enseignant, ma mère nous obligeait à lui apprendre une phrase qu'elle tenait absolument à lui dire et qu'elle répétait toute la nuit avant de le rencontrer. Le lendemain, lorsque son accent malmenait un « vous avez raison, monsieur le professeur, vous pouvez compter sur moi » dont elle usait sans modération lorsqu'elle sentait que c'était à elle de parler, nous baissions la tête en rougissant de honte. Honte de n'être que des étrangers, pauvres de notre culture dont nous ignorions alors toute la richesse et conscients que notre mère était disqualifiée avant même qu'elle ne pénètre dans la salle de classe. Par sa parole, par sa présence, notre mère malgré elle nous renvoyait à nos origines étrangères, à notre autre langue et à notre autre culture dont nous ne savions alors que peu de choses, mais que pourtant elle incarnait. Je ne comprenais pas comment nous aurions pu arriver à nous « intégrer » quand ma mère était disqualifiée d'emblée, par sa seule façon de parler ou d'être face à ces professeurs pour qui elle avait la plus grande déférence. J'ai honte aujourd'hui d'avoir eu honte à l'époque de l'entendre parler devant mes profs. La culture scolaire exclut autant qu'elle intègre et les parents étrangers en sont les premières victimes. Ce n'est que bien plus tard que nous avons été reconnaissants à ma mère pour le courage dont elle faisait preuve en ces moments pour nous soutenir et essayer de faire bonne figure, par amour pour nous, dans ce monde dont elle ignorait tous les codes.

Je me souviens aussi de ce rituel mensuel puis trimestriel du carnet de notes. Nous étions tous les cinq alignés face à ma mère assise telle une reine dans le fauteuil du salon. L'air sévère, elle scrutait, l'un après l'autre, chacun des bulletins. Au vu des notes, des matières et des commentaires auxquels elle ne comprenait rien, elle concluait invariablement par un hochement de tête et par un « C'est pas trop mal mais tu dois faire encore mieux la prochaine fois, mon fils », phrase qu'elle avait apprise par cœur auprès d'une voisine bienveillante.

C'est ainsi que je suis devenu un excellent élève. Le fait d'avoir l'assurance de l'assentiment de ma mère quels que soient mes résultats m'a poussé, dans un premier temps, à profiter sans vergogne de son incompétence, à lever le pied sur le travail scolaire et à lui cacher mes piètres résultats qui allaient inévitablement avec. Mais, le temps passant, sa mansuétude à mon égard a fini par me peser. Envahi par un sentiment coupable, je me suis promis de ne plus jamais la trahir, de toujours réussir « pas trop mal » et de « faire encore mieux la prochaine fois ». Quelques facilités aidant, j'ai rapidement pris goût aux études et pu obtenir brillamment mes diplômes. Au bout du compte, c'est bien la confiance naïve que ma mère me témoignait qui m'a poussé à devenir meilleur. Pour en être digne. Face à une telle sincérité et à une telle innocence, on ne peut ni mentir ni tricher. Je lui dois cette leçon.

5

Alors que j'écris ces lignes dont elle ignore tout, ma mère me réclame sa bassine. Je repose *La Peau de chagrin*. L'heure n'est pas à la lecture de Balzac.

– Je t'embête encore, me lance-t-elle en passant sa main sur ma joue.
– Mais non, maman…

Les tuyaux qui lui permettent de mieux respirer font saigner ses narines. Tout son corps, endolori par la station couchée quasi permanente, est couvert de marques bleues violacées. On distingue à peine sa pauvre carcasse entre les pansements, les compresses et les bandages. Je l'appelle « ma momie » et elle sourit.

Ma mère passe le plus clair de ses journées à dormir. Parfois, elle tente de regarder la télé. Essaye même de tricoter, alors que ses mains la trahissent. Mais je vois bien que ça l'ennuie. Alors, Balzac reprend du service.

« Vêtue d'une robe de cachemire bleu, la comtesse était étendue sur un divan, les pieds sur un coussin. Un béret oriental, coiffure que les peintres attribuent aux premiers Hébreux, avait ajouté je ne sais quel piquant attrait d'étrangeté à ses séductions. Sa figure était empreinte d'un charme fugitif, qui semblait prouver que nous sommes à chaque instant des êtres nouveaux, uniques, sans aucune similitude avec le nous *de l'avenir et le* nous *du passé. Je ne l'avais jamais vue aussi éclatante.*

– Savez-vous, dit-elle en riant, que vous avez piqué ma curiosité ?

– Je ne la tromperai pas, répondis-je froidement, en m'asseyant près d'elle et lui prenant une

main qu'elle m'abandonna. Vous avez une bien belle voix !

– Vous ne m'avez jamais entendue, s'écria-t-elle en laissant échapper un mouvement de surprise.

– Je vous prouverai le contraire quand cela sera nécessaire. Votre chant délicieux serait-il donc encore un mystère ? Rassurez-vous, je ne veux pas le dévoiler. »

– « Le pénétrer »…

– Ah oui ! Pardon, maman. « *Rassurez-vous, je ne veux pas le pénétrer.* »

Elle connaît le texte par cœur je crois. Elle est loin de tout comprendre malgré le commentaire que je lui ai maintes fois fait de son vocabulaire, de sa grammaire, de ses formes stylistiques et de ses thématiques. Mais elle rate rarement l'une de mes coquilles de lecture.

La Peau de chagrin… C'est à peu près le seul sujet sur lequel nous échangeons encore. J'ai renoncé depuis longtemps à l'initier à d'autres lectures. Ou à commenter une actualité à laquelle elle n'a de toute façon jamais compris grand-chose. Nous évoquons souvent la tante Samia ou le cousin Yasser restés au pays. Parfois aussi madame Trézalé, la dernière voisine à s'être occupée de ma mère lorsqu'elle vivait encore seule chez elle. Ou les rares amies qu'elle a eues dans sa vie. Elle en parle peu, comme si avoir eu des amies pouvait constituer une trahison envers ses cinq fils. Des gaillards turbulents qui requéraient toute son attention et tout son amour. C'est tout à fait par hasard que j'ai pu avoir accès à la connaissance de certaines amitiés de ma mère.

Un jour, une certaine Mathilde a appelé à la maison. J'étais occupé à laver maman, alors je n'ai pas répondu. Elle a laissé un message. Mathilde est une infirmière qui a pris soin de ma mère lorsque celle-ci était régulièrement hospitalisée. Elle avait réussi à avoir son numéro par une voisine qu'elle connaissait et proposait, dans son message, de passer la voir. Ça lui ferait vraiment plaisir, disait-elle. Ma génitrice, en entendant le message, s'est illuminée, comme au rappel d'un joyeux souvenir. Elle m'a demandé de la rappeler et de l'inviter. C'est ainsi que j'ai fait sa connaissance. Elle a passé plusieurs heures auprès de ma mère. Je les entendais rire doucement. Je suis resté dans le salon, je ne voulais pas voler à l'amour de ma vie ce plaisir oublié de papoter avec une amie, et de parler d'autre chose que de maladie. Et je me suis surpris à découvrir tout l'éventail de thématiques que ma mère pouvait aborder au cours d'une conversation. Échanges toujours truffés de mots approximatifs et à la syntaxe incertaine, marqués au fer rouge de son accent inimitable mais qui ne la rendait en rien incompréhensible à son interlocutrice.

Lorsque ma mère s'est endormie, Mathilde m'a rejoint autour d'un thé. C'est ainsi, en discutant avec elle, que j'ai découvert une part de maman que j'ignorais. Lors d'une de ses hospitalisations, elle avait appris que Mathilde était en plein divorce. Celle-ci avait décidé de quitter un mari violent, qui les mettait en danger, elle et ses enfants, mais était terrorisée par l'incertitude du lendemain. Ma mère l'avait soutenue. Elle qui osait à peine parler, et encore moins dans les administrations, l'avait accompagnée chez des assistantes sociales, à l'Office du logement social. Partout où il avait fallu pour l'aider à aller jusqu'au bout de ses démarches. Elle avait même pris des jours de congé pour être auprès d'elle dans la journée. Elle ne voulait pas qu'elle flanche. Et quand Mathilde avait fini par trouver un appartement, ma mère passait régulièrement la voir, avec des plats qu'elle avait confectionnés ou des bonbons pour les enfants.

Je ne savais rien de tout ça. Je ne savais pas ce dont ma mère était capable en dehors de sa famille. Mais ce que j'ai appris ne m'a pas étonné d'elle, au service des autres et en silence. Elle a dû nous entendre discuter, mais, sans savoir pourquoi, je ne lui ai ensuite posé aucune question. Je me suis contenté de l'embrasser longuement. Depuis, Mathilde passe de temps en temps la voir. Avec des mille-feuilles, la pâtisserie préférée de ma mère.

Et moi je me suis enduit d'une couche supplémentaire de honte. Je m'occupe certes de ma mère – on me loue souvent pour ça. Mais me suis-je jamais vraiment intéressé à elle ? Je veille à ce qu'elle ne manque de rien par devoir. Je l'aime sincèrement. Mais la fracture culturelle que l'école a établie entre mes frères et elle d'un côté et moi de l'autre me semble définitivement insurmontable. Les transfuges de classe ont toujours le cul entre deux chaises. Ce n'est pas la position physique qui fait mal mais la douleur muette qui vous donne ce sentiment ineffaçable d'être un traître à votre propre famille. À celles et ceux qui vous sont le plus chers. Et qu'inconsciemment et patiemment vous avez appris à mépriser.

Pourtant ce ne sont pas les occasions qui ont manqué de valoriser ma mère. Mais il aurait fallu que j'aie conscience plus tôt de toute sa richesse. Quand on est gosse, on aime sa mère. Et la voir se ruiner la santé pour gagner de quoi vous faire manger, vous vêtir, vous loger et vous distraire ne vous émeut pas plus que ça. Ce n'est pas tant que passer un coup de balai ou faire la vaisselle vous apparaisse comme déplacé. C'est juste que ça ne vous vient même pas à l'esprit. Comme si une mère n'était faite que pour servir les siens. Quitte à s'user jusqu'à la corde.

6

Quant à s'intéresser à ce qu'elle pense, ce qu'elle aime, ce dont elle rêve… Ne parlons même pas d'imaginer sa mère ayant du désir… c'est un tabou total. Penser qu'elle aurait eu le moindre plaisir à faire un enfant avec votre père : impensable. Au sens premier du terme. Le cerveau s'y refuse. Les images ne viennent pas. Pas plus que les paroles. Les émotions. Les respirations courtes. La transpiration. Les sécrétions. La jouissance. Impensable. Définitivement impensable. Pourtant elle a dû être femme, ma mère. Pas seulement maman. Pas seulement épouse passive victime d'un devoir conjugal. Une femme.

Je l'entends encore fredonner « Une fille aux yeux clairs » de Michel Sardou. Des paroles que j'aurais pu faire miennes à n'en pas douter si le tabou ne m'avait pas fermé les yeux, le cœur et les oreilles. Jusqu'à fermer le rideau sur ce définitivement impensable. « Je n'imaginais pas les cheveux de ma mère / Autrement que gris-blanc. / Je n'aurais jamais cru que ma mère / Ait su faire un enfant. »

Au fond, ces non-dits, maman, pourraient bien expliquer ton attachement à *La Peau de chagrin*. Balzac ne fait pas dans la demi-mesure. Je me suis toujours enorgueilli de t'avoir fait aimer un peu de littérature... Le thème central en est quand même le conflit entre longévité et... désir. Je savais tout ça, mais à force d'en discuter avec toi sur le mode « je fais simple sinon elle ne va pas comprendre », c'est peut-être bien moi qui n'aie finalement pas compris le fondement de ton intérêt pour ce texte. Je pensais que c'était sa dimension conte oriental, à la façon des *Mille et Une Nuits*. Mais attends, attends... que me reviennent en mémoire certains de nos échanges... Je me souviens, c'était il y a douze ans. Tu avais déjà quatre-vingt-un ans, comment aurais-je pu y voir manœuvre de ta part ?

J'ai rougi longtemps à la lecture des scènes de débauche. Je les sautais à la lecture mais tu m'en faisais le reproche. En les lisant, parce que tu ne t'indignais pas, je me suis rapidement persuadé que tu ne les comprenais pas vraiment et les situais dans un autre contexte. Quel imbécile j'étais ! J'aurais dû le relire consciencieusement, ce livre, avant de te le faire écouter en cassette. Ce désir destructeur, ça ne pouvait pas te parler. Cette peau de chagrin qui raccourcit la vie de celui dont elle exauce les désirs, quels qu'ils soient… je pensais que tout cela te passait largement au-dessus de la tête. Je t'en avais fait une analyse docte et prude, t'expliquant que les hommes ont le tort de s'engager sur deux chemins qui les ruinent, les épuisent et les mènent à la mort : le vouloir et le pouvoir. J'avais mis en avant le fait que l'humain équilibré s'attachait entre ces deux écueils à une sagesse fondée sur le savoir. Balzac l'écrit : « *La pensée est la clef de tous les trésors.* » Il fait même dire au vieil antiquaire : « *Et qu'est-ce que la folie, sinon l'excès d'un vouloir ou d'un pouvoir ?* »

J'aurais moi-même fait l'excès de cette double folie en te considérant de haut et en ne pensant pas un seul instant que tu pouvais comprendre, t'identifier et prendre appui sur les passages les plus… je n'ose même pas y penser. C'est vrai que Raphaël expire dans l'orgasme, la petite mort se confondant avec la grande. Mais ça ne pouvait pas te parler. Pas à toi. Maman… Ma maman…

La maman d'un grand con suffisant, oui ! Attends que je relise quelques passages dont tu m'avais demandé la relecture parce que je les avais mal dits ce jour-là. Il y a douze ans… Je cherche, je cherche… Ah, voilà !

« *Aussitôt Raphaël, inondé de lumière, fut ébloui, surpris par un spectacle inouï. C'était ses lustres chargés de bougies, les fleurs les plus rares de sa serre artistement disposées, une table étincelante d'argenterie, d'or, de nacre, de porcelaines ;*

un repas royal, fumant, et dont les mets appétissants irritaient les houppes nerveuses du palais. Il vit ses amis convoqués, mêlés à des femmes parées et ravissantes, la gorge nue, les épaules découvertes, les chevelures pleines de fleurs, les yeux brillants, toutes de beautés diverses, agaçantes sous de voluptueux travestissements : l'une avait dessiné ses formes attrayantes par une jaquette irlandaise, l'autre portait la basquina lascive des Andalouses ; celle-ci demi-nue en Diane chasseresse, celle-là modeste et amoureuse sous le costume de mademoiselle de La Vallière, étaient également vouées à l'ivresse. Dans les regards de tous les convives brillaient la joie, l'amour, le plaisir. Au moment où la morte figure de Raphaël se montra dans l'ouverture de la porte, une acclamation soudaine éclata, rapide, rutilante comme les rayons de cette fête improvisée. Les voix, les parfums, la lumière, ces femmes d'une pénétrante beauté frappèrent tous ses sens, réveillèrent son appétit. Une délicieuse musique, cachée dans un salon voisin, couvrit par un torrent d'harmonie ce tumulte enivrant, et compléta cette étrange vision. Raphaël se sentit la main pressée par une main chatouilleuse, une main de femme dont les bras frais et blancs se levaient pour le serrer, la main d'Aquilina. »

C'est pas ce passage-là... J'avais même expliqué à ma mère, la morale étant sauve, que la débauche était condamnée par Raphaël, donc par Balzac lui-même. Sans doute pour la rassurer sur le fait que moi-même, son fils, je n'étais pas dans la débauche ni un tordu en faisant découvrir de tels textes à ma propre mère.

Peut-être était-ce ce passage-là, je ne sais plus...

« *Des danses folles, animées par une sauvage énergie, excitaient des rires et des cris qui éclataient comme les détonations d'un feu d'artifice. Jonchés de morts et de mourants, le boudoir et un petit salon offraient l'image d'un champ de bataille. L'atmosphère était chaude de vin, de plaisirs et de paroles. L'ivresse, l'amour, le délire, l'oubli du monde étaient dans les cœurs, sur les visages, écrits sur les tapis, exprimés par le désordre, et jetaient sur tous les regards de légers voiles qui faisaient voir dans l'air des vapeurs enivrantes. Il s'était ému, comme dans les bandes lumineuses tracées par un rayon de soleil, une poussière brillante à travers laquelle se jouaient les formes les plus capricieuses, les luttes les plus grotesques. Çà et là, des groupes de figures enlacées se confondaient avec les marbres blancs, nobles chefs-d'œuvre de la sculpture qui ornaient les appartements.* »

Maman, tu as toujours trouvé ce passage très poétique. Je pensais que tu étais émue par l'évocation des marbres blancs. Je refuse de penser que j'ai été naïf et je continue à croire que la dimension érotique du texte ne t'a jamais effleurée. Ni surtout titillée. Ma mère est pudique, réservée, chaste. Sainte. Adepte de la longévité morne que Balzac oppose dans *La Peau de chagrin* au désir qui a consumé Raphaël. Le grand âge de ma mère en atteste. Point final. Je n'aborderai plus cette question. Circulez. Y a rien à voir de ce côté-là.

Car tout de même, des souvenirs de ma mère, j'en ai plein. Des sains. Des touchants. Des bien propres. Qui disent le mal de vivre des classes populaires, des immigrés et de tous les damnés de la terre. Tenez, prenez celui-là par exemple. Un parmi tant d'autres. Ma mère a dû aller retirer un jour un colis à la Poste. L'envoyer, encore, elle se serait méfiée. Elle aurait fait remplir le formulaire d'expédition par l'un de mes frères. Elle n'en recevait jamais, des colis, ma mère. Je l'ai accompagnée à un âge où moi-même je ne savais pas encore lire. Arrivés au guichet, elle a tendu son avis de réception du colis. Mes frères lui avaient expliqué que c'était comme ça que ça se passait : « Tu tends ton avis, ta carte de séjour et ton passeport marocain. De l'autre côté de la vitre, on ne te demande rien et on te donne ton colis. » En théorie... Car ce jour-là la préposée lui a demandé de remplir un document dont j'ignore la nature. Honteuse à l'idée de lui dire qu'elle ne savait ni lire ni écrire, ma mère a tergiversé, a hoché la tête, a saisi le stylo qui lui était tendu, a regardé autour d'elle dans l'espoir fou d'apercevoir une connaissance qui aurait pu l'aider et a fini par se pencher comme pour remplir l'imprimé. Derrière nous, deux trois personnes attendaient. L'une d'entre elles, une grosse dame rougeaude visiblement pressée, a cru bon, devant la lenteur de ma mère, de lui lancer : « Alors ! Tu sais pas lire ou tu sais pas écrire ? » Ma mère a fait comme si elle n'avait rien entendu. Mais j'ai vu une larme quitter son œil, rouler lentement sur sa joue, contourner la commissure de sa lèvre, prendre de l'allure sur son menton et venir lourdement s'écraser sur le formulaire de la Poste. Tandis que ses doigts se crispaient sur le stylo, elle a tendu le document vierge à la guichetière, lui a balbutié que ce colis ne l'intéressait pas et qu'elle pouvait se le garder. Elle s'est redressée, s'est retournée, a salué machinalement la cliente inamicale de la tête et nous sommes sortis.

Nous n'avons jamais su ce qu'il y avait dans ce colis. Je n'ai jamais osé parler de l'épisode à ma mère. Et elle n'a jamais remis les pieds dans une Poste de sa vie. Car comme elle le disait souvent, parce qu'elle avait fait sienne cette expression entendue dans la bouche d'une de ses patronnes : « On guérit d'un coup de lance mais on ne guérit pas d'un coup de langue. »

7

Ses patronnes, ma mère les aimait bien. Rarement elle les critiquait ou se plaignait à leur sujet. Pour qu'il en aille différemment, il fallait vraiment qu'elles soient non seulement méprisantes mais, au fond, méprisables. Ma mère n'a jamais pris qui que ce soit de haut. Elle a toujours manifesté de l'empathie pour les gens, quels qu'ils soient. Ce qui l'irritait chez certaines de ses patronnes, c'était la vulgarité. Pas la vulgarité dans le langage. Cela la heurtait mais ne la touchait pas vraiment. Non, c'était la vulgarité du mépris s'incarnant dans la puissance qui la heurtait. Pas un dédain à son encontre – elle y était habituée depuis longtemps –, mais à l'égard des autres. De tous les autres. Même de toutes celles et tous ceux qu'elle ne connaissait pas. À la maison, elle ne nous laissait jamais dire du mal des gens. Elle manifestait toujours une compréhension et une empathie spontanée quelles que soient les situations et les personnes en cause.

Jamais non plus je ne l'ai entendue critiquer quelqu'un. Je crois que la seule chose dont elle se serait sentie vraiment souillée, c'est non seulement de dire mais même de penser du mal des gens. Ça l'aurait profondément meurtrie de se laisser aller à une attitude aussi vile à ses yeux. Alors pour ses patronnes c'était pareil. Elle les regardait avec indulgence et estimait qu'elles aussi avaient leurs tourments et vivaient des situations pas toujours enviables, loin s'en faut. Une posture conjuguée à un vrai souci du travail qui lui ont valu d'être toujours appréciée par ses employeurs. Auprès desquels elle glanait parfois de précieux conseils ou des adages qu'elle faisait siens, sans en mesurer toujours l'incongruité, et qu'elle nous ressortait à l'occasion comme une vraie leçon pour notre avenir. Celui qui nous faisait le plus marrer lui avait été soufflé par une certaine madame Pasquier : « Vous comprenez, ma petite, lui avait-elle asséné un jour, la vie c'est un gros tas de merde. On en mange un petit bout tous les jours à la petite cuillère. Mais toujours à la surface. On n'attaque jamais le fond. Et c'est bien là tout le problème de nos existences. »

Ma mère n'a jamais eu d'argent et pourtant ça ne lui a jamais causé de gros soucis. Elle s'est sans doute tuée à la tâche pour gagner notre pain mais a finalement enterré la plupart de ses patronnes. Elle s'est toujours contentée de peu et n'a jamais aspiré à porter des robes de princesse ou habiter un château. Notre deux pièces suffisait à son bonheur. Comme une nichée de chiots qui se blottissent contre leur mère, nous dormions les uns sur les autres dans une promiscuité où la chaleur physique et la chaleur affective ne faisaient qu'une. Petit dernier de la portée, j'ai toujours ressenti un manque terrible des sensations procurées par cette proximité, mes frères ayant un à un quitté le nid familial.

Plus à l'aise financièrement depuis leur départ, pour la première fois de ma vie ma mère m'a acheté des vêtements. Auparavant en effet, les deniers familiaux étant ce qu'ils étaient, un savant roulement avait été instauré, datant de l'époque où mon père était encore en vie. Une chose dont on n'a jamais manqué, ce sont des vêtements de qualité. Ma mère y tenait beaucoup. Alors que les jeunes du quartier de notre même condition se pointaient à l'école dans des habits qui trahissaient immédiatement leur appartenance sociale, ni par goût du luxe, ni par honte, ni par bravade, ma mère mettait un point d'honneur à ce que nous portions beau.

Il est vrai que la qualité de nos vêtements occupait une place centrale dans la gestion rigoureuse de notre garde-robe. Une planification digne de feu l'URSS projetée sur vingt ans, c'est-à-dire l'écart qu'il y avait entre le premier-né de mes frères et moi-même. Chacun des membres de notre fratrie possédait un trousseau identique, composé d'un vêtement pour la semaine, d'un autre pour les dimanches et jours de fête, d'une tenue de sport et de deux blouses pour l'école. Mon frère aîné bénéficiait toujours de la tenue neuve. Puis il la repassait à mon frère cadet, qui la refilait au troisième et lui-même au quatrième. Arrivant en bout de chaîne, avec un écart de dix ans avec mon frère né juste avant moi, je me retrouvais fagoté d'accoutrements rarement à ma taille, censés me durer au moins trois ans, sans aucun doute démodés, mais dont la qualité faisait qu'ils étaient somme toute peu défraîchis. Heureusement, à l'adolescence, ma mère a consenti à m'acheter quelques vêtements dans l'air du temps afin de m'éviter les quolibets blessants de mes camarades de classe, dont je m'étais ouvert auprès d'elle.

Côté chaussures en revanche, la robustesse ayant ses limites et les infections fongiques aucune retenue, ma mère avait finalement opté certes pour du costaud mais acheté à bas prix sur le marché. L'une des hontes majeures de ma vie aura cependant consisté en un épisode désarmant dont j'ai du mal à parler encore aujourd'hui. J'ai eu douze ans en 1978. La mode vestimentaire n'imposait pas encore d'estampiller du logo d'une marque le moindre vêtement. Les maillots de bain échappaient ainsi à tout balisage stigmatisant. Je m'étais cette année-là enthousiasmé pour un voyage scolaire de trois jours à Ostende organisé par notre prof de géographie. Il était prévu une demi-journée de détente sur la plage locale. J'avais malencontreusement déchiré mon maillot de bain la veille au soir du départ en l'accrochant à un clou au moment de le mettre dans mon sac de voyage. L'idée de manquer l'après-midi de plage et de natation à Ostende m'avait immédiatement mis en larmes. Ne supportant pas de me voir malheureux, ma mère m'avait assuré qu'une solution serait trouvée. Je m'étais endormi rasséréné. Elle avait passé la nuit à me tricoter un maillot de bain en laine comme elle l'avait fait pour mes frères dans les années 50 et 60 – c'était de toute façon la seule matière qu'elle avait à ce moment-là sous la main. À mon réveil j'avais remercié chaleureusement ma maman et n'avait pas prêté une grande attention à l'allure du maillot. Il ressemblait bien à tous les autres même si sa matière me surprenait quelque peu.

C'est en sortant de la mer deux jours plus tard que j'ai maudit ma mère. La laine de mon maillot s'était gorgée d'eau. Il m'arrivait jusqu'aux genoux. Je le retenais avec peine pour qu'il ne descende pas plus bas, dévoilant mes parties intimes et alimentant définitivement ma déchéance. C'est sous les huées de tous mes camarades que je suis remonté dans le car et cette histoire m'a poursuivi bien des années. Je n'ai jamais réussi à en rire. Et je ne me suis pas davantage senti le droit d'en faire reproche à ma mère, tant je savais qu'elle s'était donné du mal à me confectionner ce maillot et persuadé que je lui aurais brisé le cœur par le récit de ma mésaventure.

Une chose en revanche qui m'a toujours profondément agacé chez ma mère et pour laquelle je l'ai souvent sermonnée, c'est son amour immodéré pour les têtes couronnées. Comme toute Marocaine bien élevée elle n'a jamais cessé de vouer un grand respect à la famille royale. Et je ne l'ai jamais vue aussi triste que le jour où elle a appris la mort de Hassan II. Ce n'est pas cet attachement culturel qui me choque. Mais le temps infini qu'elle perdait à se faire déchiffrer par mes frères ou moi-même des articles de *Point de vue, Images du monde*, un magazine spécialisé dans le gotha et surtout les familles royales et princières.

Elle, l'exploitée par excellence, ne trouvait jamais rien à redire à sa situation sociale. Elle n'en perdait jamais le sourire. En revanche, d'apprendre que la princesse du Tabarestan, qu'elle ne connaissait ni d'Ève ni d'Adam, avait eu la jambe fracturée par un banal accident de voiture l'attristait réellement. Que la reine de Norvège passe l'arme à gauche la terrassait. Et que, les mœurs évoluant chez les « grands » de ce monde comme dans le bas peuple, la princesse héritière d'une principauté désargentée divorce la plongeait dans un profond désarroi.

Mes frères n'ayant ni le goût ni le temps pour la lecture et ayant rapidement emménagé avec leurs épouses ou compagnes, je me suis retrouvé des années durant à lire ces niaiseries à ma mère et à ingurgiter des nouvelles dont je n'ai jamais entrevu l'intérêt. J'ai bien essayé de la dissuader de s'intéresser à ce monde grotesque et suranné, d'arrêter de souscrire à de telles inepties et d'accéder enfin à un peu de conscience de classe. Sans aucun succès. Non pas que ma mère ne portait pas en elle les valeurs de solidarité, de justice ou de bienveillance pour le petit peuple – elle en était percluse –, mais tout simplement parce qu'elle ne voyait pas en quoi cela interférait avec son goût pour les histoires de rois, de reines, de princes et de princesses.

Avec le temps, elle aurait pu céder, mais c'est moi qui ai fini par capituler, plus par affection que par conviction évidemment, en l'abonnant à la revue en question. Un magazine qui moi aussi m'aérait l'esprit quand je saturais dans la lecture répétée de *La Peau de chagrin* et qui présentait l'avantage d'être constitué de nombreuses photos que ma mère pouvait apprécier même en mon absence.

À propos de *Peau de chagrin* et de passes d'armes avec ma mère, je me suis un peu vanté en vous racontant comment je l'avais savamment initiée à une analyse érudite de l'œuvre. Comme si elle était un bocal vide engrangeant ce que son cornichon de fils trouvait bienvenu de lui faire découvrir. En réalité, nous avons souvent bataillé sur le sens à donner aux choses. Car ma mère, inculte totale en littérature, n'en a pas moins une vision certes personnelle mais très affutée des relations et de la psychologie humaines. Qu'elle tire probablement de son expérience de la vie. Et de sa prime enfance au milieu des moutons et des chèvres.

C'est fou ce que je peux être méprisant à l'égard de ma famille d'origine ! J'avais besoin d'ajouter en parlant de ma mère : « Et de sa prime enfance au milieu des moutons et des chèvres » ?... Il fallait que j'essaye de montrer ma supériorité de principe. Moi, le citadin. Au regard de la petite paysanne qu'a été ma mère.

Il me revient en mémoire une joute durant laquelle ni elle ni moi n'avons voulu céder le moindre pouce de terrain. Il s'agit de la relation entre Pauline et Raphaël dans *La Peau de chagrin*, au moment où Raphaël emménage dans un hôtel alors que Pauline n'a que quatorze ans. Je me rappelle que ma mère a tiqué déjà quand je lui ai dit que Raphaël voyait en la tenancière de l'hôtel la femme idéale. Elle ne manquait pas d'arguments, me citant le texte à plusieurs reprises ainsi que l'attitude de Raphaël dans d'autres parties du roman. Mais je ne me suis pas laissé convaincre, m'accrochant à l'idée que Raphaël entrait de plain-pied dans une reconstruction mythique de la mère. J'ai même fait des recherches approfondies dans des ouvrages en anglais pour la persuader de la justesse de mon propos. Je lui ai envoyé au visage les nombreuses allégories maternelles contenues ne serait-ce que dans la description qui est faite de la mansarde que Raphaël occupe dans l'hôtel. Ou de ce qu'il voit de sa fenêtre. Ou bien encore de la description de l'île où est enterrée sa mère. Rien n'y a fait.

Nous avons bataillé ainsi durant des années sur des tas d'interprétations possibles de l'œuvre, des personnages, des thèmes abordés, des enjeux, des conflits. Et je dois avouer que, si ma mère a toujours été à l'écoute et s'est enrichie de mon point de vue, je n'ai que rarement eu à son égard la même qualité d'écoute, la même capacité à faire des inférences avec ce qu'elle m'apportait pourtant comme démonstration dialectique sur un plateau d'argent. Et alors qu'elle est restée toujours calme, souriante, posée, moi je m'emportais, persuadé jusqu'à la bêtise de la justesse univoque de ma vision. J'ai bien mieux fait de donner des cours, d'être un lecteur acharné plutôt qu'un écrivain. Mon arrogance aurait bien vite lassé le lecteur.

Je ne sais d'ailleurs pas si c'est l'habitude, prise tout jeune, de dévorer des livres ou si c'est celle d'avoir à faire régulièrement des lectures à ma mère qui m'a davantage donné le goût de la lecture que de l'écriture. Il n'en a pas toujours été de même, et c'est ainsi qu'à quatorze ans je me suis inscrit à un concours de nouvelles. Celui-ci n'était pas réservé aux adolescents et contre toute attente j'en ai remporté le premier prix. La distribution des récompenses avait lieu un dimanche à la Maison de la littérature, installée dans la banlieue de Bruxelles. J'ai fièrement annoncé le résultat à ma mère.

Nous n'étions plus que tous les deux à vivre dans notre deux pièces de Schaerbeek. Très touchée par ma réussite, elle a tenu absolument à être là au moment de la cérémonie. Elle nous a parés tous deux de nos plus beaux habits et nous a même offert la veille le coiffeur. Malheureusement, aucun bus ne circulant dans cette direction le dimanche, c'est à pied que nous avons fait les douze kilomètres qui séparaient la dernière station de bus desservie de la Maison de la littérature. Et c'est sous une pluie battante que s'est achevé notre périple.

La remise de prix avait sans doute peu d'allure. Ma mère et moi, nos cheveux dégoulinants et nos vêtements maculés par la boue... La vingtaine de personnes présente dans la salle applaudissait mollement. Et ma mère n'osait ouvrir la bouche de peur de me faire honte dans ce lieu où elle savait ne pas être à sa place... Le retour n'a pas été plus fringant. Et nous en avons été quittes pour une bonne crève durant plusieurs jours. Mais je suis toujours aussi ému par le souvenir de ma mère et moi, collés l'un à l'autre pour nous réchauffer et nous protéger un tant soit peu de la pluie et du vent, déambulant dans des rues désertées par les passants, maman me suppliant de lui relire et relire encore ce texte qui avait impressionné le jury. J'y racontais quelques épisodes heureux de ma vie de famille sous-tendus par une dramaturgie simple mais efficace. Ma mère y avait une place de choix. À notre arrivée à la maison, le texte n'était plus que lambeaux et mon prix, les volumes VI, VII et VIII de *La Comédie humaine* de Balzac, récemment parus dans la prestigieuse collection de la Pléiade, était comme nous détrempé. Sans doute, cette journée aura marqué à jamais mon existence. Par ses péripéties. Par l'amour de ma mère. Par ce moment où nous avons entonné à tue-tête « Toute la pluie tombe sur moi » de Sacha Distel dans des rues désertées par les piétons, comme pour conjurer le mauvais sort. Et pour le clin d'œil à l'histoire particulière que nous entretiendrions, des décennies plus tard, ma mère et moi, avec Balzac et sa *Peau de chagrin*.

8

La sonnette de la porte me sort de mes souvenirs. Je ne connais pas cette infirmière. Grande, le menton saillant et le verbe haut. Elle m'explique rapidement que l'habituelle est en arrêt maladie. Ma mère est toujours dépeinte par les soignants comme douce, gentille, ne se plaignant de rien même quand ils lui font mal. Mais je n'ignore pas que le changement de tête l'insécurise toujours un peu. Je tente de l'expliquer à la dame. Elle me rabroue aussitôt, soulignant qu'elle connaît son métier, et me prie de sortir pendant qu'elle s'occupe des soins. Je sais que ma mère ne dira rien, sera polie, souriante, mais que les manières grossières de cette infirmière la meurtriront. Je m'assieds à mon bureau. Vingt minutes plus tard, l'infirmière réapparaît. Elle jette un gros cahier sur le livre que je suis en train de lire et me lance :

– C'est quoi, ça ? !

– C'est le journal dans lequel je consigne toutes les constantes de ma mère : sa tension, sa température, son taux d'oxygène…

– Ça sert à quoi de faire ça trois fois par jour ? !

– On me l'a demandé pour assurer le suivi de sa santé.

– Vous ne pouvez pas la laisser mourir tranquille !

– …

– À son âge, elle a fait son temps. Vous la faites souffrir. Vous faites ça pour vous, pas pour elle.

Je n'ai jamais aimé les gens aux jugements péremptoires. J'aurais dû sortir *manu militari* cette infirmière de chez nous. Au lieu de ça, comme aurait fait ma mère, je n'ai pas répondu. J'ai fait son chèque à la dame et je l'ai raccompagnée jusqu'à la porte en lui disant merci. Elle venait pourtant de m'asséner deux missiles. L'un suggérant que ma mère serait plus heureuse morte que vivante. Et le second me ramenant à un égoïsme intolérable : je contribuais au prolongement de la vie de ma mère dans le souci de satisfaire mon seul intérêt.

Je crois que ce qui m'a empêché de pulvériser cette infirmière sur place, c'est qu'instantanément je me suis demandé si au fond elle n'avait pas raison. Si je ne me mentais pas jusqu'à l'hystérie. Elle m'avait à n'en pas douter déstabilisé. Pleinement. Jusqu'à lacérer mon âme. Et à faire exploser des certitudes que je n'avais jamais questionnées. Ce qui me semblait faire partie de l'ordre des choses, le maintien en vie de ses parents âgés par le soutien médical, n'était peut-être finalement qu'une histoire d'égoïsme de leurs enfants. J'ai toujours un goût amer en bouche en repensant à cette infirmière. Parfois, c'est vrai, ma mère me le dit : « Laisse-moi partir. Je te donne du souci. » Ça me déchire le cœur. Elle a pourtant l'air vraiment heureuse, apaisée, lorsque je suis avec elle.

Je lui fais du bien, c'est sûr. Mais ne souffre-t-elle pas à l'excès sans le dire ?... Mon attachement n'est-il pas finalement un acharnement affectif autant que thérapeutique ?

Et puis je suis soudain en colère. Cette infirmière se serait-elle permis une telle réflexion si elle était intervenue dans une famille bourgeoise ? Elle aurait pris son fric et aurait fermé sa gueule. Alors que chez nous... Une Arabe, vieille, pauvre, ça sert à quoi ? C'est ça qu'elle a dû se dire dans sa petite tête d'infirmière mal dégrossie quand elle est arrivée dans notre courette. Elle a peut-être même buté contre l'angle d'un pavé et ça l'a mise en colère... Elle ne doit pas aimer les pauvres. Mais ça ne suffit pas. Elle les trouve inutiles. Les soupçonne peut-être de coûter cher à la collectivité. Alors pauvre, étrangère et vieille, à quoi ça peut servir de laisser pourrir une telle créature ? Après tout, moi aussi je pourrais arriver aux mêmes conclusions. C'est vrai, si maman rejoignait les étoiles, j'aurais du temps pour moi. Je pourrais enfin lire autre chose que *La Peau de chagrin*. Peut-être renouer une relation avec une femme. Avoir des enfants à mon tour. Je pourrais même la soulager, ma mère. Là. Tout de suite. Tout en gardant un sourire approbateur pour m'en donner le courage, elle fermerait ses yeux. Je presserais doucement puis de plus en plus fort sa gorge en fredonnant un air qu'elle a aimé. Et puis je desserrerais l'étreinte. Son sourire serait toujours là. Figé pour l'éternité. Et de là-haut elle me remercierait pour ce geste libérateur…

Je m'écœure. J'aurais dû tuer cette infirmière. À sa naissance. Comment je peux laisser de telles pensées me traverser l'esprit ? Je me sens même indigne de retrouver ma mère, son sourire lumineux et sa naïveté désarmante. Et pourtant je dois y retourner. Elle me réclame son bassin. Ma vie même a-t-elle un intérêt pour la collectivité ? Elle en a au moins pour ma mère. Enfin, j'espère. La pensée qui me pétrifie le plus c'est que ma mère meure malheureuse. Avec tout ce qu'elle a fait pour les autres. Alors, est-ce que je lui sers à quelque chose ? Je ne sais plus. Je hais cette infirmière.

9

Chaque jour, je m'assieds là, à côté de ma mère. Pendant des heures. Je prépare mes cours ou corrige les copies de mes étudiants. J'ai appris à suspendre mon travail, toutes affaires cessantes, pour lui lire son précieux Balzac.

« *Elle voulut saisir le cordon de la sonnette. J'éclatai de rire.*

– N'appelez pas, repris-je. Je vous laisserai paisiblement achever votre vie. Ce serait mal entendre la haine que de vous tuer ! Ne craignez aucune violence ; j'ai passé toute une nuit au pied de votre lit, sans...

– Monsieur, dit-elle en rougissant ; mais après ce premier mouvement donné à la pudeur que

doit posséder toute femme, même la plus insensible, elle me jeta un regard méprisant et me dit : Vous avez dû avoir bien froid ! »

Parfois, ma mère s'inquiète de mon teint livide, de mes joues creusées. Je la rassure en lui rappelant que depuis des années je prends la plupart de mes repas en sa compagnie, que je mange bien, que tout va bien.

Je reste là, ma main dans la sienne. Je me contente de la respirer. De l'écouter vivre. De croiser son regard limpide. D'accueillir son sourire énigmatique. Et quand l'émotion est trop forte, je détourne la tête. Pour que mes larmes d'enfant qui coulent sur mon visage n'allument pas en elle une énième souffrance. Combien de fois j'ai refoulé cette question qui me coupe la respiration, transperce mon cœur comme une brûlure ardente, suspend ma propre vie... La question du « et après... », quand tout sera fini, quand le temps aura achevé son œuvre, que le corps se sera rendu, agenouillé, devant la maladie, que le souffle sera épuisé d'avoir trop lutté, que les yeux n'auront plus la force de s'ouvrir, que l'armistice avec la mort sera signé. Je ne veux pas y penser et pourtant je ne pense qu'à ça. Trois, quatre, cinq fois par nuit, je me lève sans bruit pour écouter son souffle, guetter cette respiration hachée qui est devenue le fil de ma vie, le fil auquel se raccroche toute ma vie.

Quand elle regarde sa télé, ou quand elle dort, j'observe son visage, intensément. Je refais le parcours de la moindre de ses rides, je redessine la forme de ses yeux, je remplis ma mémoire du moindre détail. Je ne veux pas penser à cet « après ». Au vide qui va planer dans la maison, au silence qui m'attend. Peut-on survivre à celle qui vous a donné la vie, qui vous a offert SA vie, veillant jusqu'au vieil âge sur votre bien-être, votre bonheur, soucieuse de votre santé et de vos ennuis ? Sur quels genoux poserai-je ma tête embrumée ? Quelles mains tiendrai-je pour me réconforter ? Quels yeux pourront irradier l'amour que seule une mère sait donner ?

Je me remémore « La vieille dame » de Sacha Distel : « Et quand tu as quelque chagrin / Ou que tu ne te sens pas bien / La voilà inquiète de suite / Elle reste là tout près de toi / Prête à faire ce que tu voudras. »

Ma mère est une citadelle imprenable, celle où je me suis toujours réfugié avec confiance, certain qu'elle me défendrait contre vents et marées. Ses bras sont mes remparts. Que faire quand ils seront tombés ? J'y pense et je pleure. J'y pense et le courage me manque. J'y pense et puis le présent me rappelle. Elle est encore là. Je dois rester dans le « maintenant », me nourrir de chaque instant, de chaque sourire, faire de chaque moment une éternité. Je dois être là. L'« après » me rattrapera bien un jour. Mais pas tout de suite... pas aujourd'hui.

Cet « après » si craint est arrivé un matin froid de janvier. La veille au soir, il avait neigé. Ma mère m'a demandé de tirer les rideaux pour voir danser les flocons. « Tu vois, mon fils, ces flocons ? C'est les oreillers des anges...

ils viennent me chercher », a-t-elle soufflé. J'ai souri. La poésie de ma mère m'étonnerait toujours, elle qui n'avait jamais écrit pouvait parfois sortir des phrases qui me laissaient muet. « Non, maman, ils viennent juste te bercer », lui ai-je répondu, pour masquer mon émotion. Cela faisait plusieurs jours que son état se dégradait. Son infirmière et le médecin me disaient qu'elle était très fatiguée, une manière de m'annoncer que son heure approchait. Mais, habitué à ce qu'elle résiste, je refusais de les écouter. Même si je sentais poindre en moi une étrange brûlure. Ce soir-là, je suis resté près d'elle longtemps. Je lui ai raconté ma journée dans ses moindres détails. Je ne le faisais jamais mais, cette fois-ci, je voulais retenir les heures du jour, les étirer, pour que la nuit ne vienne pas. Elle m'écoutait, pensive. « Il est temps. » Telle une flèche, sa phrase a d'un coup interrompu mon récit. Elle a tourné doucement la tête vers moi. « Merci, mon fils... » Je ne me souviens plus quand j'ai commencé à pleurer. Je lui ai simplement dit : « Maman. » Ma tête s'est lentement posée sur son lit. Elle a pleuré aussi.

Nos larmes fusionnaient sur sa joue. Je lui ai fredonné « La vieille dame » de Sacha Distel : « Quand on est vieux / On a besoin / De ses enfants / Pour finir le chemin. »

Pincé au bout de son doigt, l'appareil indiquant son taux d'oxygène a égrainé inexorablement et cliniquement la dernière ligne droite de la vie de ma mère : « 95, 94, 93, 92, 91, 90... » Je voyais sous mes yeux ma mère s'en aller dans un décompte macabre que j'étais confusément tenté d'enrayer, sans avoir aucune capacité de le faire. Implosion totale en moi. Lorsque les derniers chiffres se sont affichés : « 7, 6, 5, 4, 3, 2, 1, 0 », je savais que je ne reverrais jamais plus la vie dans les yeux de ma mère. Elle est morte comme ça et j'ai pu voir exprimée par un zéro la fin de sa vie. Ou le résumé de sa vie aux yeux du monde : une vie de zéro.

De ma main je lui ai fermé les paupières sans oser fixer ses yeux éteints. Je me suis retourné, comme si mes larmes pouvaient encore la faire souffrir. Machinalement, sans trop savoir pourquoi, peut-être pour me rassurer sur mon propre état de santé en cet instant, j'ai accroché son appareil à mon propre doigt. Je n'ai pas compris pourquoi le chiffre n'est pas monté instantanément au-dessus de 95 mais restait désespérément à 0.

J'ai soudain saisi quand j'ai entendu : « Tu me lis mon Balzac ? » C'était l'appareil qui venait de rendre l'âme, pas ma mère.

Maman est toujours là. Et moi toujours à ses côtés, comme si ma véritable existence, celle qui fait sens et me rend heureux, se résumait à être sa seule ombre.

Je ne sais pas si ma mère a été une bonne mère. Ou simplement une mère qui a fait ce qu'elle a pu. Avec ce que Dieu lui a donné comme connaissance, comme amour, comme courage. Comme patience aussi. Je sais juste que c'est la mienne. Et que ma plus grande richesse en cette vie est d'avoir pu l'aimer.

DU MÊME AUTEUR

Nous avons tant de choses à nous dire
Pour un vrai dialogue entre chrétiens et musulmans
(avec Christian Delorme)
Albin Michel, 1997 ; coll. « Espaces libres », 1998

Les Nouveaux Penseurs de l'islam
Albin Michel, 2004 ; coll. « Espaces libres », 2008

Mohammed Arkoun
La Construction humaine de l'islam
Itinéraires du savoir
(entretiens avec Rachid Benzine
et Jean-Louis Schlegel)
Albin Michel, 2012

La République, l'Église et l'islam
Une révolution française
(avec Christian Delorme)
Bayard, 2016

Le Coran expliqué aux jeunes
Seuil, 2013 ; nouvelle éd. augmentée, 2016

Nour, pourquoi n'ai-je rien vu venir ?
(pièce de théâtre)
Seuil, 2016
et sous le titre Lettres à Nour
Points, 2019

Finalement, il y a quoi dans le Coran ?
(avec Ismaël Saidi)
La Boîte à Pandore, 2017

Des mille et une façons d'être juif ou musulman
Dialogue
(avec Delphine Horvilleur)
Seuil, 2017 ; Points, 2019

RÉALISATION : NORD COMPO À VILLENEUVE-D'ASCQ
IMPRESSION : NORMANDIE ROTO IMPRESSION S.A.S. À LONRAI
DÉPÔT LÉGAL : JANVIER 2020. Nº 143509-4 (2001234)
Imprimé en France